西藏经典民间故事

# 猴鸟的故事

多仁·丹增班觉 著　索朗旺久 译

西藏人民出版社

图书在版编目（CIP）数据

猴鸟的故事 / 索朗旺久译． -- 拉萨：西藏人民出版社，2023.10
　ISBN 978-7-223-07495-7

　Ⅰ. ①猴… Ⅱ. ①索… Ⅲ. ①藏族－寓言－中国 Ⅳ. ① I277.4

中国国家版本馆 CIP 数据核字（2023）第 132616 号

## 猴鸟的故事

| | |
|---|---|
| 翻　　译：索朗旺久 | |
| 责任编辑：洛桑群培 | |
| 装帧设计：洛桑群培 | |
| 责任印制：廖　青 | |
| 出版发行：西藏人民出版社（拉萨市林廓北路 20 号） | |
| 印　　刷：西藏新华印刷有限公司 | |
| 开　　本：850×1168　32 开 | 印　张：2.625 |
| 字　　数：40 千 | 印　数：01-3,000 |
| 版　　次：2023 年 10 月第 1 版 | 印　次：2023 年 10 月第 1 次印刷 |
| 书　　号：ISBN 978-7-223-07495-7 | |
| 定　　价：15.00 元 | |

版权所有　　翻印必究
如有印装质量问题，请与出版社发行部联系调换。
发行部联系电话（传真）：0891-6826115

# 目　　录

| | | |
|---|---|---|
| 第一章 | 猴子侵犯鸟类领地双方发生争端 | 1 |
| 第二章 | 猴子召开会议商讨对付禽类之策 | 9 |
| 第三章 | 猴子前来应战 禽类反被陷入僵局 | 17 |
| 第四章 | 猴鸟双方针锋相对，谈判陷入僵持 | 33 |
| 第五集 | 猴子召开百兽会议选派谈判使者 | 51 |
| 第六集 | 猴鸟双方谈判成功，众生和睦共处 | 60 |
| 译后记 | | 79 |

# 第一章
## 猴子侵犯鸟类领地双方发生争端

从前，有一个叫扎西泽噶①的地方，那里山水钟灵毓秀、树木葱翠浓郁、遍野群花烂漫、湖水五光十色、绵延不断的雪山更是美不胜收。其中，有一座贡桑日山——山顶积雪终年不化，就像洁白的羊皮袄孕育着居住在那里的一大群雪狮；山腰上青草覆蔽山花绽放，草木果实应有尽有，以拉恰孔木②为主的各种各样禽类在此栖息；山脚下密布的森林中群居着虎、豹、棕熊等猛兽。在这片森林的某一处里，住着珍克扎坚③等猴群。这群猴子也不知从什么时候开始，便住在那里，并以主人自居。

在很长的一段时间里，生活在那里的动物们互不侵犯，和睦地相处着。

---
①扎西泽噶：藏语，意为吉祥喜悦。
②拉恰孔木：藏语，指羊角鸡。
③珍克扎坚：藏语，猴子的名字，意为云中天狗。

可有一天，生活在山下密林处的几个猴子，因林中食物匮乏，便偷偷跑到山腰的草地上偷食果实。再后来，偷食的猴子越来越多了，胆子也越来越大了，行所无忌，明目张胆地在草地上享受野花、金菇、龙胆、蘑菇等草木果实。

于是，禽类看到越来越多的猴子，毫无顾忌地偷食自家领地上的野花、金菇、龙胆草等食物时，大大小小禽类即刻聚集在一起开了一个小会说："自古以来，这山腰上的草地是我们禽类的领地，他猴子不好好待在山脚密林里，偏偏来到我们的地盘上偷食花草果实。我们若是不劝阻猴子任性妄为的侵犯行为，以后恐怕我们的领地都被这群贼猴给霸占了。"

大家各抒己见，众说纷纭了一阵子后，跟拉恰孔木说："拉恰孔木！你是众禽中出类拔萃的一只鸟，要不你去找猴子们交涉一下。你不仅有悦耳至极的天籁之音，而且辩才无碍，学识渊博。你看，能否代表我们禽类给猴子们说一说。如果那些猴子执迷不悟，不愿听劝的话我们再想办法，另做打算。"

拉恰孔木答应了大家的委托，便来到猴子的住处，向猴子们说道："吉吉①，猴子朋友们！我有几句话打算跟各位朋友们说一说。说起这座贡桑日山，山顶上归雪狮所有，山腰归我们禽类所有，山脚下茂密的森林才是你们兽类所有。从古以来，

---

①吉吉：藏语，表示礼貌的招呼和提醒。

便是这样。可如今你们猴子悄悄地跑到我们禽类的草山上不说，还大肯大嚼地偷吃花草果实等各种食物。你们自己说说，这样的行为是不是很不道德？希望从今往后你们猴子就不要随意地来我们的草地上，这样对双方都有好处。"

拉恰孔木说完，猴子里有个领头的嗤笑了一下说：

"吉吉，拉恰孔木请听我说，

　我们也有几句话想对你说。

　群山之首贡桑日山，

　根之地心同根同生，

　腰之矗立与地面上，

　实属世界共有财产，

　绝非某人私有之物。

　即使山顶住着狮子，

　实属碰巧住在那里，

　而非狮子购来之地；

　即使山腰禽类所居，

　实属碰巧住在那里。

　一来二住栖息于此，

　而非别人供奉于你；

　即使山下群居走兽，

那是因果轮回之命,
并非金银财宝换来。
我们猴子住在此地,
也是前世祸福得来,
而非下令于此生活。
山上所长草木果实,
龙胆蘑菇花果等等。
本来就是共同拥有,
何须某人为之阻拦。
如果执意假公济私,
实属挑起争端之兆。
如果执意公田私种,
实属引起战争之举。
公家食物私人享用,
饿鬼烧肠无奈之举。
闲言碎语无须再说,
还是牢记我说之话。
回到你们禽类那边,
一字不差转告众禽。"

对此，拉恰孔木答复道：
"领头猴子听我细说，
你知其一不知其二，
只看表面不知就里。
不知所云装腔作势，
作茧自缚悔之晚也。
正如方才你们所说，
此山的确属于共有。
可是无论什么地方，
都有它的领土主权。
难道双眼没有瞧见，
那双耳朵没有听过。
就拿南赡部洲来讲，
虽说它是共有之地，
少说也有近百国家。
每个国家都有领土，
每寸土地都有主权。
中国有中国的皇帝，
印度有印度的法王，

蒙古有蒙古的可汗,
于阗有于阗的保王。①
此外还有很多国家。
各自执掌各家领地,
从来都是互不侵犯,
互不干涉各国主权,
各自享受所积财物,
平等互利和平共处。
巧言善辩言之有厉,
难道你是不知此事。
你说因果轮回不同,
其实说得非常之好。
'善恶黑白皆因业力,
天下没有无因之果。
善恶之分皆因而来,
执念于果才有你我。
利欲熏心执着于我,

---

① 这指的地名都是古时的叫法。

便会诞生自私之果。
若想因果业力向善，
放弃自我心想他人。'
无论人家多么富裕，
勿想侵占他人财物。
各管各家拥有之地，
各享各家拥有财物。
要是这样和谐相处，
你我何来此番争执。
我所之言有无道理，
你们自己好好考虑。"

听完拉恰孔木的妙言要道，领头的猴子找不到一丝反驳的勇气，便悄悄低着头，小声的说道：

"今日你说此番言论，
听着感觉有些道理。
不过听说格言里云，
'学者不经辩论考问，
怎能辨别学识深浅？
响鼓不用鼓槌击敲，
那与草木有何区别？'

所以,

一次有理并非真理,

巧遇之事不能全信。

今日我们回去之后,

便会召开猴群大会。

圆如响鼓般的讨论,

方如列队般的研究,

黄如金子般的辩论,

白如皓银般的商榷,

蓝如碧玉般的深讨,

赤如朱砂般的斟酌。

等到我们会议开完,

我们定会给你答复。

今日首次相互交谈,

暂时算是你们有理。"

说完后,猴子们一溜烟地跑到自己的住处了。

# 第二章
## 猴子召开会议商讨对付禽类之策

猴子们回到自己的住地后。召集群猴,便当着众猴的面把事情的起因,以及与拉恰孔木相互争论的内容一字不漏地跟大家讲述了一遍,便问大家怎样处理此事。

这时,性情急躁、好勇斗狠的年轻猴子阿里玛勃然大怒,两眼冒火、摩拳擦掌、摇着尾巴呵斥道:

"哈哈!

直至今时今日之前,

此等怪事闻所未闻。

说什么公田私耕犁,

说什么公饭放私盐,

说什么假公济私等,

这是事实还是乱辞?

若是所言当成事实,

便是不成熟之谬论。
问我为何说出这话？
就拿汪洋大海来讲，
大有海洋霸主虎鲸，
小有蝌蚪小鱼上万，
随时随地随意饮用，
没有谁说谁的领地；
条条大路宽而又长，
往来行人千万之多，
各自随意行于大路，
没有发生挡道之事；
天空中的耀眼日月，
不偏不倚普照大地。
从古至今何时何日，
可有光辉四方之争。
就说眼前贡桑山上，
花草树木种类繁多，
实属共同拥有食物，
禽类无权干预此事。

若要执意多管闲事,
皮肉之躯人人无异,
然而各有各的本领。
飞禽不是钢铁之身,
我们也非酥油之躯。
尽管禽类能够高飞,
一跳也能抓住尾羽。
我们凭借各自本领,
何尝不能打败禽类。
说的道理就是这些,
大家不必心生犹豫。
心怀二意事办不成,
两头尖针缝不成衣。
若能大家心向一处,
格萨王来也不害怕。
我所之言有无道理,
大家好好想想便知。"

说完,有些猴子不知所措地发呆着,有些猴子则害怕地"啧啧"作响,也有一些胆大的猴子,附和着阿里玛的话大声吆喝着说:"若是飞禽过来进犯,我们就会一拥而上,各显本领,抓住飞禽的双脚，拔掉尾翼，咬碎身体"等等说个不停。

公说公有理，婆说婆有理，一时间众猴不知所措地闹腾着。

这时，老成持重的老猴洛桑非常严肃地厉声道：

"大家安静一下。"

话音刚落，喧闹的场面一下子静了下来。老猴洛桑摸了三下嘴巴后，右手撑在腰上，左手放在膝盖上，清了清嗓子说道：

"喂，众猴听老夫一言，你阿里玛更要认真聆听。

年少无知狂妄自大，

大言不惭有何益处。

无论大小任何事情，

事先务必大处着眼。

饭菜可口闻了便知，

衣着得体用眼便晓。

不辨是非蛮横冲劲，

实属疯狗胡乱狂吠。

不顾前后不明事理，

血气之勇棍石为伴。

跳进深渊幼稚之举，

伤筋动骨咎由自取。

不先观察江河之宽，

盲目下河像个疯子。
此举纯属自杀之兆,
尔等不如听我细言。
和平共处事事吉祥,
能断是非此乃圣贤。
自私狡诈还有欺骗,
一时得利一世失利。
头顶三尺有神明在,
岂能逃避因果报应。
此生在世无人信你,
来生受尽地狱之苦。
狭隘之心不成大气,
处事行事以德服人。
老朽几经思索之后,
此事双方争端来看。
不是敌人无事来袭,
而是尔等挑衅再先。
飞禽鸟类领地之上,
尔等不惭偷鸡摸狗,

人家岂能不说之理?
搬弄是非倒打一耙,
无事生非助长矛盾。
星星之火燃尽森林,
小水越积能淹村庄。
属于我们土地财产,
若是禽类过来抢夺,
就算死也不放毫厘。
若是他人土地之上,
强行掠夺他人财物,
后果必是自取灭亡。
此事实属无事生非,
管好自家土地财产,
莫要疯狂挑衅他人,
和睦相处才是上策,
是否有理大家想想。"

大多数猴子认为老猴洛桑说得很有道理,可年轻的阿里玛等少数猴子则谴责老猴洛桑:

"老猴确实老糊涂了!

糊涂使人悖言乱辞。
有理乱辞也可弄混，
勇者懦夫也可混淆。
无论是非曲直对错，
此番争端已成事实。
事已至此若不反驳，
禽类面前无地自容。
拖了兽类后腿不说，
往后猴群有何威信？
有何颜面在此生活？
无论双方谁对谁错，
你不来个谎话如山，
哪得如牛大的真理。
他们禽类所言之事，
若不反驳一生愧辱。"

听了一老一少之观点，猴子们都不会抉择老少猴子截然不同的看法，猴群内心纠结不堪。

猴群中的几位长者商讨后说："凡事都要以和为贵，况且此事我们错在先。老猴洛桑说的很对，没有争吵和矛盾那是最好的结果，但我们也不能把全部的责任揽在自己身上。那么，暂且就按照年轻猴子阿里玛的意思。先就从前日去的猴子里找几个口角生风,能言巧辩的去探探风,看看他们是不是真有胆子和我们较劲,还有就是一定要弄清他们是否有援军,然后我们再做打算。"

说完,大家默不作声地同意了老者们的意见,便结束了猴群大会。

# 第三章
# 猴子前来应战 禽类反被陷入僵局

先前去的那些猴子,又来到拉恰孔木面前说道:

"吉吉,朋友!

拉恰孔木请听我说,

前日双方所争之事。

回去告知老少众猴,

针对此事召开会议,

各持己见讨论数次。

公一言一句一个理,

母一唱一和一个曲。

全部告知与你不妥,

就拿重点事情来说。

众猴之意其实就是,

雄伟壮观贡桑日山。
天地万物之始就有，
绝非今时突然形成。
狮子飞禽走兽等等，
生命延续祖先而来。
聚集此山实属缘也，
并非别处迁徙而来，
古时之起生活在此。
无论今时还是昔日，
你我飞禽走兽等等，
共享共用此山食物。
从未发生是非争端，
这事可以问问大家。
现在如今不知为何，
你们禽类吹毛求疵，
不知是否被人挑拨。
我们猴群领地之上，
你们禽类往来常有，
也是常吃花草果实，

你来我往大同小异，
何来谁对谁错之理。
言归正传就说重点，
过往不究和睦相处，
无争无吵何乐不为。
如若执意搬弄是非，
我们就会奉陪到底。
要比高度就比高度，
要比宽度就比宽度。
你就把话带给他们，
若是中听就当悦耳，
若不中听就当挑唆。"
听完猴子的话，拉恰孔木这样说道：
"派来谈判的猴子们，
你们所说牢记我心。
针对所言方可反驳，
可我禽类上千万只，
岂能由我一人回复。
古有云：

'一个智者再有能耐,
不敌三个凡人谋划。'
我们禽王金翅大鹏,
筑巢在那高山顶上。
故此不能禀报于他,
可也得从大鹏往下,
雏鸟小鸟往上之间,
不分老少聚集起来,
此事必须众禽知晓。
能者自然就会提案,
福者自然就会定夺。
我们禽类所属疆土,
雄鹰飞完需十八天,
全部禽类聚集起来,
不能一天两天完成。
你们猴多不过巴掌,
迫切商议之心我懂。
你们安心等一两月,
召集商议完了之后,

再派鹦鹉过去回复,
在这期间千万注意,
小心老猴被树扎死;
小心猴崽坠崖身亡;
小心猴脑被风刮走;
小心尾巴被棍弄断;
小心食物掉落悬崖;
小心自屎吃尽嘴里,
好言相劝谨记在心。"

听完,猴子们便大笑着说:"那好,我们就先回去了,哈哈,哈哈"。

然后拉恰孔木急忙让喜鹊、啄木鸟,还有红嘴乌鸦快去召集众禽开会。过后不久大部分禽类都聚集起来了。拉恰孔木清了清嗓子说道:

"大雕等大禽请上坐,
中等禽类就坐中间,
小鸟们就围着边坐。
今有要事互相商量,
竖起耳朵专心听讲。
此前众鸟讨论之后,

派我和那猴群说事。
我也遵照众禽之意，
精言细语与之交涉。
弄得他们哑口无言，
便说协商完后答复。
猴群前后说了很多，
全部细说感觉无意，
就拿重点告知大家。
他们说：
'这座雄伟贡桑日山，
根之地心同根同生，
腰之矗立于地面上，
实乃大家共有之物，
个人无权占为己有。
生活此山中的飞禽，
利爪獠牙肉食走兽，
有蹄食草动物等等。
都是前世轮回而生，
并非某人请来之客。

还有那些树木果实,
野花草子各类植物,
不是你们用钱买来,
更不可能某人给予。
共同占有共同享用,
谁也没有权利干涉。
话说到底属于共有,
若是这样无需争执,
也不存在谁欠谁的。
若要执意制定新规,
长的就用肘间来测,
短的就用指间来量,
那就踏着鼓声跳舞。
猴子说的这些话,请大家好好地思考。"

说完,那些虚怀若谷的大禽们还没有开口说话,底下的乌鸦等中禽和小鸟们开始叽叽喳喳地吵闹着说:

"这真是无稽之谈,
贼喊抓贼不知害臊。
还说什么共同拥有,
这真是,

引弓发矢又是卖弄,

矛刺而后摇旗呐喊,

投石而后高举振臂,

看了反被横眉怒目。

谁能忍受这等侮辱?

此话简直欺人太甚。"

说完,便咬牙切齿地一旁站着。这时,坐在不远处的大雕和狗头白雕讨论之后说道:

"喂,众禽们!

词不达意有何用处?

信口雌黄又有何益?

口出狂言多如水泡,

践行之时少如滴金。

扯长舌头算不得数,

说来说去浪费口水。

自己用的利器再好,

技不如人成他人器。

言语和那利刃刀剑,

把手不在尖而在柄。

若不反复甄别是非,

误将浓烟当成大雾。
做事不思成一时勇,
实属无才无能之举。
对待如此毛举细事,
没有必要争强斗狠,
更不必要怒火中烧。
泼赖猴子侵犯之事,
无需竖起汗毛争强。
虽说猴子能说会道,
有胆无胆试了便知。
要想知道山谷长短,
且看下谷江河便知。
对待猴子所说之言,
切要不温不火答辩。
这样便知猴群之意。
若有强词夺理之意,
滚石一般言语回击,
这样一来定会畏怯。
我和狗头白雕两个,

展翅翱翔天空之时，

看清人畜世间百态。

勿以此等小事胆怯，

这话众禽牢记于心。"

说完，便张开翅膀飞向天空，不一会儿的功夫就消失在众禽的视野里。

而后，拉恰孔木目站在群禽之中说道：

"吉吉，

众禽认真听我细说，

昨日猴子所说之事，

借此众禽聚集之时，

一字不差告知大家，

往后别说没听清楚。

人家对我所说之事，

肯定要给他们回复。

大雕和那狗头白雕，

并非真的无话可讲，

只因他俩轻视此事。

聚在这里所有禽类，

千万不要私欲所困，

要以众禽前途着想。
　　针对猴子所言之事,
　　大家想想如何是好。
　　言多口杂势必头痛,
　　言少无理一无是处,
　　多少适中言之要精。"
拉恰孔木刚说完,骄傲自满的矮个乌鸦虚张声势地说道:
　　"皆知猴子喜欢搞事,
　　也非动物界里最凶,
　　言行举止实属懦夫。
　　行使卖弄犹如鹿毛,
　　坐得住比白日星少。
　　东奔西跑更闲不住,
　　喜欢到处惹是生非。
　　一追只会躲到树上。
　　嘴巴双手还有双脚,
　　更是永远也不消停。
　　口无遮拦招引敌人,
　　众多不幸因他而起,
　　所有坏事聚于他身。

言归正传就说现在,
对付这帮祸根猴子。
不用劳烦众禽出动,
我等乌鸦三个足矣。
众人说我们是黑鸟,
其实我们面黑心善。
我们三个召集群雄,
直奔猴群所住之地。
不用多说一针见血。
就说:'古今不见禽类领地,
没有与猴同居之说。
你方若能知错就改,
过往之事既往不咎,
你我就不存在争执。
倘若执意不知悔改,
故意捏造古来之说。
孤行己见蛮横无理,
行之洪水冲路之举。
就说你我今日之内,

谁是好汉一决高下，

　　贼猴有胆与否便知。

　　若是还要摆虚架子，

　　我等乌鸦老鸦寒鸦，

　　乃是大黑护法神鸟，

　　绝非怯畏于那泼猴。

　　我们就用一天时间，

　　定把猴子领地抢回。

　　让那猴群四处逃窜，

　　带着果实凯旋而来。

　　不毁猴群非乌鸦也，

　　这样可否各位众禽？"

乌鸦说完后，老鸦寒鸦也跟着乌鸦"哇哇呜呜"地虚张声势着。

这个时候，家禽大公鸡站了起来，走到中间。他虽不能展翅高飞在蓝天中，但也是一位足智多谋的好汉。他站在百禽当中"喔喔"地叫了一声，并抖了三下翅膀后说道：

　　"祈神祭祀三宝护佑，

　　百禽安心听我讲述，

　　尤其你们三只黑鸟。

我乃家禽大公鸡也,
虽然不能展翅高飞,
胆识过人可称英雄。
居住在那人类家里,
能知人类所思所想。
行走在那百禽中间,
能知禽类盘旋之意。
俯身混在牲畜之中,
能知四足畜之步伐。
智者学识不吐不言,
渊博知识糜烂肚中。
就像好木烂在皮下,
黄金埋在地下一般。
话不多说只有三句,
大雕和那狗头白雕,
百禽之王群雄之首。
有勇有谋无人能比,
飞翔之技更是一等。
两位大禽对待此事,

若要说是不屑一顾,
那就想想所说之话。
'言语与之利刃刀剑,
把手不在尖而在柄。
若不反复甄别是非,
误将浓烟当成大雾。
对待如此毛举细事,
没有必要争强斗狠。'
从我公鸡角度思考,
两位大禽所说之意,
轻言重语都可理解。
可又大眼着想此事,
无争无吵以和为贵,
说的很对句句在理。
若是我们众禽鸟类,
按照三位黑鸟想法,
与之猴群兵戎相见,
谁赢谁输暂且不谈。
南瞻部洲之星球上,

划分千百不同地区。
可以肯定每个地方，
都有猴鸟栖息在那。
若把此事传之千里，
定会殃及所有猴鸟，
最终便会祸及众生。
我们禽类与之猴群，
身躯俯行同属畜生，
若是双方以德对待，
众生来讲那是福报，
就像和睦四瑞一样。
倘若你们认为有理，
那就再派拉恰孔木，
能言鹦鹉一同和谈。
说话用语轻重缓急，
想必两位智者都懂。"

听完大公鸡深入人心的大道理后，大家都一致同意按照大公鸡所提建议，派遣拉恰孔木和鹦鹉两位使者到猴子住地去谈判。

# 第四章
## 猴鸟双方针锋相对，谈判陷入僵持

拉恰孔木和能言鹦鹉两个，来到猴群所住的地方，并提出要求把所有的猴子召集起来。老猴洛桑马上派使者到山顶、森林、水边等地散居的猴子们叫齐后，拉恰孔木大摇大摆地走到猴群中间，卖弄了两声自己嘹亮的嗓子，抖了三下翅膀后说道：

"吉吉，请众猴认真听我说，

先前你们所言之事，

本想及时答复你们。

但因禽类疆土辽阔，

无法短时之内聚集。

用了大概一月半载，

才把众禽召集起来。

全部集中大会之上，

你们所说从头到尾，

一字不差一句没落，

全部告知禽类之时。
不分大小多数禽类，
众说纷纭沸沸扬扬，
浮词连篇不提也罢。
可有一些关键事项，
睿智博通禽鸟智者，
让我必须寻根究底，
问清你们之前所说，
一仍旧贯是指什么？
如果是指去年之前，
所形成的规矩来办，
我们禽类非常愿意。
那样我们各管各地，
别做拔葵啖枣之事。
勿欲贪念别人钱财，
勿去干涉别人之事。
就如同那山顶之雪，
平川之霜互不干涉。
无怨无愁日离于云，

无争无吵安宁相处。
猴群所言是指这个？
一仍旧贯若非此意，
肯定是指你们猴子，
在那禽类领地之上，
无规无矩胆大妄为。
无路可通硬修新路，
无桥可通硬搭新桥。
贪得无厌得寸进尺，
大言不惭说办新规，
那样绝对不可理喻。
争执之源就此而来，
祸根之毒就此而生。
若不说清一仍旧贯，
到底指的是哪方面。
就算到了世界末日，
也不可能解释得通。
请讲此番话的猴子，
针对此事解释一下。

若是你们需再商议，

我们两个可以回避。"

拉恰孔木说完后，老猴洛桑微微笑了笑说：

"你们禽类所说来看，

无需怀疑却要为之，

不必过虑偏要为之，

不必迟疑却要犹豫，

纯粹就是自寻烦恼。

就此我也可以回答，

可我不能独断专行，

要和其他猴子商量，

麻烦两位回避一下。"

拉恰孔木和鹦鹉两个假装去远处，实际上却躲藏在猴群所在树林的不远处。可这种装模作样的行为被老猴洛桑一眼就识破了，却当做视而不见。便召集众猴往前靠拢，并暗中告诉一些猴子两只鸟就藏在不远的树林处，所以等会就要按我讲的说。

猴群集中后，老猴洛桑故意提了提嗓子说：

"吉吉，众猴请听我说。

我们猴群和那禽类，

无凭无据发生口角，

无事生非相互诋毁。
此事发生已有数月，
前日我们所说之事，
迟迟不回一月多了。
问禽为何如此之久，
说是禽类疆土广阔，
无法短时间内集中，
所说之事真假难断。
今日聚集重点讨论，
问我何为一仍旧贯？
是指去年之前算起？
还是今年之始算起？
为何禽类心生疑问，
其实就是无理取闹，
无需迟疑却要为之，
多此一举问的问题。
当时我也可以答复，
可我没有独言独断，
对此我们如何答复，

老少猴群各自发言。"

这时，猴子阿里玛说道：

"胡言乱语无需讨论。

所谓一仍旧贯之说，

可从去年之前算起，

也可今年之后算起。

说来说去关键在于，

山上草木龙胆果实，

白菇黑菇和金蘑菇，

涧水泉水草山溪水，

从古以来同食同饮。

如今在那旧的庙里，

偏要制定新的规矩。

不按规矩新建佛塔，

没有修为给佛开光。

看来禽类实属找茬，

一意孤行寻衅滋事。

肯定有人挑拨离间，

颠倒黑白从中作梗。

我看就是拉恰孔木,
此鸟虽然称为神鸟,
心如蛇蝎定是妖鸟。
没胆高飞雪山之间,
不敢低飞丛林之中。
无论春夏还是秋冬,
死活赖在草山之上。
猪狗那般好吃懒做,
没有草山无处可居,
没有草山无食充饥。
他对草山私欲成性,
贪得无厌吝啬草山。
龌龊私欲藏于内心,
假公济私蛮横嚣张。
说是为了群禽着想,
实际就是只为自己。
像他那种恶毒之鸟,
是该好好教训一下。
要想杀虱无需挥斧,

要想杀虫无需举锤。
教训那个恶毒之鸟，
就我一个绰绰有余。
倘若他想飞就拽脚，
倘若他想钻地揪头。
拔掉羽毛扔向天空，
尸体直接丢水沟里。
到时其他禽鸟看见，
就当杀山羊儆绵羊，
杀一儆百定会惧怕，
这样可否大家考虑。"

阿里玛怒气冲天地讲完恫疑虚喝的话后，边上的其他猴子也呼应着阿里玛的话"吱吱呜呜"的吆吼着说："就这样，就这样办。看他还敢不敢乱说。"

拉恰孔木听着漫山遍野地吼叫声，看着群猴愤怒的举动，胆怯地对鹦鹉说："要……不……要不，我们先回到草坡上，再好好商议商议？"

他俩到了草坡上后，拉恰孔目说道：

"听猴子们所言之语来看，此次猴鸟纠纷是我挑唆起来的一样。我一心为众禽利益着想，一字不差全部告诉了那些猴子。

本来我是为了大家,可现在倒好,我却成了挑拨双方纷争的小人。古有云:'上百角兽能通之地,岂能不通独角兽也?'现在看来还不如回家美美地睡上一觉好些。以后我再也不会多管闲事了。"

鹦鹉听完拉恰孔木的这番言论后说道:

"吉吉,拉恰孔木请听我说,

你身体洁白如雪山,

声音犹如天籁之音,

心胸更是像那大海。

为此小事唉声埋怨,

心胸狭隘像那鼠粪。

若被他知甚是羞愧,

不必这样小肚鸡肠。

古有云:

'石小不怕被风刮走,

山小不怕被人抱走,

树小不怕钻破天际,

人小不怕走遍天涯,

鸟小不怕凌云飞翔,

水小不怕冲垮桥梁。

朋友你先冷静一下,
请听我鹦鹉一句话。
我虽不能展翅高飞,
却也算是智勇双全。
能说会道犹如江水,
运筹帷幄决胜千里。
细想猴子所说之话,
首尾矛盾话不成章,
看到鳌头浮出水面,
定辨鳌尾乃是菱形。
经我细细考虑之后,
猴子说这有意为之。
我俩藏于林中之事,
肯定被那猴子看到,
故用此言威胁恐吓。
若是你还害怕此事,
后面于那猴子之间,
就由我来跟他争辩。
兄弟你就放心待着,

默不作声边上待着。"

就这样,他俩说话时,就有猴子过来请他俩去协商。他俩到了猴群住处后,老猴洛桑这样说道:

"吉吉、拉恰孔木 和鹦鹉听我说,

如今鸟猴间的争端,

看似无根无须之树,

实则已是枝叶繁茂。

谁对谁错难以说清,

鸟猴双方更是难辨。

千言万语言归重点,

之前你俩所说之理。

细细询问老少众猴,

他们对此这样回复。

大小禽类众鸟所问,

何为一仍旧贯之理?

毋庸置疑却要怀疑,

无需猜忌却要质疑,

实属浪费时间之举。

对此不必过多解释,

就挑重点跟你讲讲。

所谓一仍旧贯之说,
可从去年之前算起,
也可今年之后算起。
反正末世劫未到时,
共食共饮此山草水,
不用去做仰仰俯俯。
若是同意和平相处,
若不同意听天由命,
回复内容就是这些。
还要顺便提醒一句,
没有责怪众禽之意,
只因一两只鸟挑唆。
若是有人庸人自扰,
挑拨离间不安好心。
扔个石头就绑双手,
斗嘴争吵就捆小舌。
如我老猴见解来看,
争吵争执还有宿债,
不是自愿而是天命。

天命之事也可解厄,

防患解厄何乐不为?

若是不愿顺其自然,

最后得失难以预料。

若要执意你挣我夺,

就怕最后没人帮忙,

众人只是隔岸观火。

此事从前既然有过,

将来也有可能发生。

忠言逆耳利于你俩,

老猴只是好心好意,

不知两位有何想法?"

老猴洛桑唠唠叨叨说完一大堆道理后,鹦鹉便对此这样回复道:

"吉吉,老猴洛桑请听我言,

百猴当中你是王者,

犹如鸡蛋中的蛋黄,

双眸里的闪耀眼珠,

胸腹中的跳动心脏,

说话圆润如转车轮。

猴鸟之中赫赫有名。
但是智者如此行事，
所言之事长短不一。
一面向着猴子说话，
'没有仰俯和平相处。'
一面又是这样说道，
'若是有人庸人自扰，
挑拨离间不安好心。
扔个石头要绑双手，
斗嘴争吵要捆小舌。'
然后又说'争执斗嘴，
若能遏制最好不过。'
此番言语稀奇古怪，
前后矛盾阴阳怪气。
但也可以一一答复。
可却这样繁如枝叶，
没有必要浪费时间，
言归正传专说要义。
你们猴子商议之后，

没有解释还是那句，
就是没有退让之意。
对我而言乐此不彼。
格言有云，
'无意事上浪费时间，
倒是不如转经念佛。'
若说你们有勇有谋，
我们禽类也非孬种。
猛禽大鸟遮蔽天空，
乱石山岭遍是中禽，
小鸟犹如下起冰雹，
不论老少大小禽类，
喙和爪子天铁所铸。
铁喙可以戳碎猴脑，
铁爪可以剥光猴皮。
若是这样禽兵来袭，
群猴也就无处可逃。
但是我们不想这样，
若是这般大肆袭击，

我想猴窝便成禽巢。
猴子皮肉便成禽食，
最后你们全部消灭。
这些也是众禽所说，
此言绝非说说而已，
我是好心好意告知。
现在该是考虑之时，
顽固到底便是死路。
七日之内没有回复，
禽兵便会成群飞来。
一旦占领贡桑日山，
恐怕你们无处安身。
以后我俩不会再来，
若是能懂便知利害，
忠言逆耳好自为之。"

说完，鹦鹉和拉恰孔木做了一个准备回去的动作。这时，众猴被鹦鹉的言语吓得惊慌失措，一句反驳的话也说不上来。老猴洛桑请求鹦鹉和拉恰孔木稍稍等候，便这样说道：

"吉吉，
　两位尊贵禽类使者，

不必这样血气方勇,
不必说出这些狠话。
你们禽类和我猴群,
很久以前就是认识。
就算去年以前算起,
我们亲睦犹如乳酪。
只要末日之时未到,
我们就要讲信修睦。
何须为了此等小事,
说出那样绝情之话。
就算仙界也有争吵,
就算妖界也有亲睦。
我们猴鸟双方之间,
岂有水火不容之理?
此事交给老猴洛桑,
定会鸟猴握手言和,
于情于理都有好处。
若像鱼水和睦共处,
双方便能享受幸福。

此话请你转告众禽,

　　无论怎样七日之内,

　　我定会给你们回话。

　　今日就请两位先回。"

听完老猴洛桑的话,两只鸟傲慢地点点头,便飞回草地了。

# 第五章
# 猴子召开百兽会议选派谈判使者

拉恰孔木和鹦鹉来到百禽聚集之地,把双方交谈的全部过程一字不落地告知大家。禽类们誉不绝口地称赞着拉恰孔木和鹦鹉说:"你们说得很对。事实上我们有能力可以打败猴子,不过先看看猴子们的态度怎样。若是我们稍微让点步,和解也许会成功吧!"

在这边,老猴洛桑也把猴子们召集起来,想借此机会弄清楚猴子们的胆识及看看大家有没有长远之策。他这样说道:

"吉吉,

老少猴子都听我说,

就是昨日能言鹦鹉,

冷嘲热讽所言之事,

想必大家都已听到,

事到如今如何是好？
禽类派兵来袭之事，
无论是有胆识之举，
还是怯懦瞎编狂言，
已是时候认真对待。
如果禽兵真的来袭，
我们能否可以应战？
若能应战如何对付？
禽类他能天上飞翔，
我们只会爬到树上。
如何与禽战斗到底？
若是与之单打独斗，
没有什么不可战胜。
可从数量优势来看，
少数肯定输给多数。
虽说在这瞻部洲上，
猴子就有成千万只。
可离我们万水千山，
肯定也来不及援助。

目前有的百千猴子，
就算拼死与禽抵抗。
是否能够击退他们？
是否能够守住领土？
斗志会否慢慢消磨？
是否能够坚持到底？
若能打赢固然是好，
但无势力与禽抗衡。
何不趁小把火灭了，
共商和谈何乐不为。
若是愿意如何和谈？
直接退让惭愧至极，
蛮横无理谈不成事。
那又如何旁敲侧击？
如何不惊母鸡拿蛋？
如何不惊鱼去打水？
如何不惊母牛挤奶？
看看你们能力如何？
该是出谋划策之时。

言之粗细详略都可，
必须符合众猴之意，
这样往后不会后悔。
方队般的四方屋内，
考虑要像那圆木鼓，
提议要像滔滔江水，
决议要像掰切核桃，
条理要像卷毛线球。"

老猴洛桑说完后。猴群当中走来一个叫顿珠的年轻的猴子他足智多谋、能言善辩。他这样说道：

"吉吉，老猴洛桑为主的，
老少猴子听我说。
我的名字叫顿珠，
今年三四十二岁了。
虽然年纪不算很大，
知道的事情却不少。
虽无老猴们的睿智，
但也算是智勇双全。
上知神仙言行举止，
下知人类行事作风，

更知俯首牲畜之苦。
可我不想句句说出，
更加不想件件道出。
可到关键再不说点，
怕是才智毁在肚里，
好树烂在树皮底下。
用时不用好无意义，
那我就提几个建议，
是对是错大家决断。
此次鸟猴间的争端，
看似根深蒂固之仇，
实则看来根细如发。
事情弄大还是弄小，
命运握在我们手里。
禽类就算上天飞翔，
巢在山岭或在草地，
终归也得落在地上。
虽说飞翔能力很强，
到了地面实力如何？

不说大家心知肚明。
然而执意分出好汉，
那他禽类所吃的亏，
就和我们相差不多。
要说的理就是这样，
但是此番口角争论，
若能平息利于双方，
和谐共处更是幸事。
为何我说双方幸事？
假如双方和睦共处，
双方活动更是方便。
踏实睡觉安心觅食，
和谐相处皆大欢喜。
和解之事如何提出？
我方已经无颜前去。
应当邀请此山里的，
利爪獠牙兽类中间，
找出一位能言智者。
告知事情前因后果，

邀请他来与禽和谈。

若有动物能去和解，

调解之时不会异议，

这样就能两全其美。

垭口高度犏牛熟知，

正确与否大家知道。

此事只是个人拙见，

利弊关系还有很多，

大家酌情好好考虑。"

老少猴子们听完，年轻猴子顿珠的一番妙言要道后，都觉得很有道理，也符合了大家的意愿。

紧接着，猴子们派使者到山里把鹿、黄羊、岩羊、兔子等食草兽类和豺狼虎豹等食肉猛兽召集起来。把事情的起因经过，以及鸟猴之间前后几次发生争执的内容告诉了大家，并询问如何是好？

兽类们相互讨论后便这样说道：

"吉吉，老少猴子们听我说，

如今鸟猴间的争执。

事情起因经过来看，

不用思考你们错先，

实属恶劣侵犯行为；
其次相互谈判之时，
你们又是口出狂言。
若问是非谁对谁错，
肯定他们禽类有理。
如果我们兽类联合，
倾巢而出讨伐禽类。
肯定能够打败他们，
可是将来如何补救？
现在不想他日必悔，
不如猴鸟双方和解。
不论现在还是将来，
都是有利而无害处。
还是想想如何和谈，
你们好好商量一下。"

这样说完后，老猴洛桑和年轻的猴子阿里玛、顿珠等便这样说道："我们派了很多和谈的使者，可他禽类过于惊吓和提防都没有谈成。要不这次就请智者兔子洛旦[①]帮忙，因为你是一

---

① 洛旦：藏语，意为智慧。

位聪明伶俐，善于辞令说服别人，想必这次也能让众禽信服，然后我们再做打算。"

兔子洛旦答道："我去可以，但我不能一个人去，因为我也属于兽类，他们肯定会对我有所防范，无论我怎么说禽类也很难相信我。要不就请家禽大公鸡一起去，因为在众禽里公鸡也算是一位智勇双全的好汉，众禽定会信任他。我先问问大公鸡肯不肯，如果他能同意，我两就想方设法让你们鸟猴化干戈为玉帛。"

# 第六章
## 猴鸟双方谈判成功，众生和睦共处

兔子洛旦来到大公鸡处，把鸟猴之间发生的事情，从头到尾，原原本本地讲了一遍。便说道："如果不把此次猴鸟间的纠纷调解好，就像禽类拉帮结派站在一起一样，兽类也定会携手站在一起，共同对付禽类。本来这件事不是什么大事，可这样下去事情会越闹越大，到最后会殃及到整个动物界。我呢，叫兔子洛旦，虽说足智多谋，可这件事我一只兔子的能力，根本没有办法解决，所以想请兄弟你帮忙。众所周知你在禽类中也是位德高望重的家禽，只要我们两个好好地商量对策去调解，定能让猴鸟和好如初，岂不美哉？我是这样想的，你看成不成？"

大公鸡回答道："正如朋友你所说，前面我也想过跟禽类谈论和谈的事情，可我一嘴难敌众人的心思，有心却无能为力。如今你来邀请，要我们两个一同前去和解，情意相投，目标一致。

我相信只要我们两个通力合作,这件事肯定会完成。"

随后,他俩便开始商量着,首先要到猴鸟所在住地上去问清楚是否要和谈?如果双方都同意和谈,那么就要问清楚和谈的前提条件是什么?有什么要求?这样的话我俩可以制定一个能够让双方都满意的和解方案。

起先,他俩来到禽类聚集的领地上。兔子洛旦走在禽鸟中间说道:

"吉吉,众禽听我说,
　今年禽类和猴子间,
　往日无怨却生争端,
　邻里之间反目成仇。
　起初小事已变大事,
　发生争端已有数月。
　双方多次进行谈判,
　可却没有得到和解。
　看到双方越陷越深,
　对此我和家禽公鸡,
　惴惴不安时刻担心。
　要说为何惴惴不安,
　就为此次猴鸟争端。

相互对抗僵持到底，
最后定会殃及全球。
别说猴鸟双方成仇，
甚至飞禽走兽之间，
也有可能反目成仇，
世间准会永无安宁。
若能早日握手言和，
于公于私都是福也。
我俩今日冒昧前来，
就为调解此事而来。
言者虽然不够辈分，
可是心善如那雪山。
希望众禽好好考虑，
所言之道对或不对。
若是众禽认为有理，
我俩去找猴子谈谈。
今日所说一字不差，
同样告诉林中猴子。
这样一来我俩可以，

研究制定和谈方案。"

兔子洛旦说完后,众禽们从心底敬重和同意兔子洛旦和大公鸡所说的和解之事。于是他们商量之后,拉恰孔木代表众禽对兔子洛旦和大公鸡说道:

"吉吉,兔子和公鸡听我言,
你俩心善如那雪山,
潺潺活水雪山淌来,
花草树木利益均沾。
田园庄稼硕果累累,
造福世间谁不喜欢?
树木繁茂枝叶成荫,
装饰此地变成仙境。
实属好事而非坏事,
今日双方发生争端,
若问罪魁祸首是谁?
众所周知就是猴子。
只因猴子挑衅在先,
如今和解是否成功,
那得质问众猴想法;
他们如果答应和解,

我们没有不愿之理；

若问为何同意和解？

不是因为惧怕贼猴，

才和他们进行和谈。

古有云'人不需要的是争吵，

树不需要的是木节。

体不需要的是疾病，

心不需要的是痛苦。'

故此才说和谈之事，

也请你俩明辨是非。"

听完拉恰孔木的话后，他俩随后便来到猴子住地，这样说道：

"吉吉，各位男女老少猴子，

烦请专心听我细说，

聚集此山中的禽类，

和那利爪獠牙兽类，

没有谁被召唤至此，

实属因果轮回而生。

自古在此互不侵犯，

也愿往后和谐相处。

若能此事冰释前嫌,

往事随风旧事不提,

拨开云雾重见阳光。

我俩希望双方和解,

所以今日来此讲和,

就为猴鸟和睦相处。

前面双方和解之意,

也跟禽类细细讲过。

没有不愿不行之意,

现在同样说给各位。

你们会有自己想法,

可是大家将心比心,

是好是坏大家商讨。"

说完后,因为猴子们之前就希望早点调停和解,如今遂了大家的心愿。大家表示非常乐意,嘴里吱吱作响,眼睛眨来眨去,尾巴摇来摇去,便回答道:

"吉吉,两位智者请听我说,

你俩好心赛过黄金,

比那黄金还要耀眼,

事实如此今日目睹。

我们鸟猴间的争端，

你俩若能调停和好，

不是不行求之不得。

'木有开裂用胶来粘，

衣服破了用针来缝。'

我们并非害怕禽类，

此事你俩谨记于心。

'不看情面也看着装，

不看狗面也看锁链。'

古语说得恰到好处。

你俩为了鸟猴和解，

不辞辛劳出面调解。

两位若能真心调解，

像那梵线一般公正，

圆鼓一般解决此事，

并要做到大中至正，

若能这样就无异议。"

跟猴子们说完此番话，兔子和公鸡便离开回到住处后，他俩讨论怎样才能更好地进行和解，并商量制定着解决方案。

兔子说道："朋友听我说，我的想法是这样的，这次猴子和禽类之间的争执,毋庸置疑,真理掌握在禽类手里。可是,不从草地上让点地儿给猴子。按现在的情形来看,猴子们确实不够吃,恐怕往后便很难生存下去。因此,我想提议禽类所住草地上割让三分之一土地分给猴子们,然后定下规矩,往后猴子不得贪得无厌,侵犯禽类领地。不知禽类能否答应。你看这样如何?"

大公鸡说道:"朋友,你说得很对。若不能解决好猴子食物问题,就算这次能够平息此事,将来可定会重蹈覆辙。我们暂且可以按照你说的条件去谈判,若有禽类不同意的话,那么为了能够达到公平起见,我们也可以给他们说说条件。你看猴子所住的树林里,也有大大小小的禽类在居住着,往后禽类也可以在猴子所住的深林处自由觅食。这样处理,我想他们应该能答应吧.不过事先提出这样的条件,我怕到时候禽类会有更多的说辞。朋友,我们可以先按照你所说的办法,叫禽类割让三分之一土地给猴子的方案来说服。"

他俩协商一致后,来到禽类住地。兔子走在禽类中间,这样说道:

"吉吉,大雕老鹰狗头雕等,

 你们就坐众禽中间,

 中禽就请围在四方,

所剩小鸟围坐外圈。
圆鼓般的禽席中间,
我和公鸡如此渺小,
就像那土里的小虫。
所言之事所说之理,
虽有布鼓雷门之举。
心怀慈心如那雪山,
行之犹如白绸饮乳,
言语好比奶酿乳酪,
三净之灵混然一体。
声音如抚琴般悦耳,
烦请你们耐心听讲。
也请倾听之时斟酌。
如今猴鸟间的争端,
该是时候相互和解。
若不再去思考一下,
安止龙王也无计施。
现如今就听我俩说,
虽说此山中的猴子,

原先居住山脚森林，
就为觅食来到草山。
如若不让草山觅食，
猴群很难维持生计。
山腰草地食物丰富，
野花草木应有尽有。
若是被猴无限享用，
你们禽类也不愿意。
为了公平公正起见，
草山土地三分之一，
请求割让给那猴群。
除此之外剩余草地，
禁止猴子乱吃乱住。
此话也给猴子讲清，
你们禽类无需顾虑。
此事你们若能答应，
相信众猴不尽感恩。
请求你们深思熟虑，
希望给个确切答复。"

兔子洛旦说完相互和解的方案后，众禽仔细研究讨论之后，

把他俩请来,由小黑乌鸦向兔子和公鸡两个这样回复道:

"吉吉,两位智者请听我言,

两位心善就像雪山,

不仅相似就是雪山。

行善之事完美无瑕,

单是所言有些不妥。

为何要说有些不妥?

这里聚集大小禽类,

大家对此心知肚明。

为何要从禽类领地,

分给猴子三分之一?

为何我有此番疑问?

真理本在禽类手中。

为何还要割地让猴?

两位岂不助纣为孽?

岂不放生恶狼之举?

行使如此荒谬不经,

别说言者汗颜无地,

我们听者赧颜汗下。

以后请别出此下策,

若要执意这样去做,
这事如何能够和解?
倘若禽类半亩之地,
猴子要想金钱来买。
请问价格怎么来定?
买卖本是你情我愿,
必须要用等价交换。
则用什么东西来换?
这个必须得问清楚,
这样双方可以商谈。
否则刚才所说之话,
没有公正公平可言。"

小黑乌鸦说完,家禽大公鸡便解释道:

"吉吉,各位禽类听我说,
无论事关问题大小,
无不层层谈话解决。
一言两句岂能说清?
不懂言语深浅长短,
岂能明白话中之意?
片面之词难辨重点,

不知事情前因后果，
只凭一句岂能阻止？
要想知道山谷长短，
不走三步岂能丈量？
要想知道河水深浅，
不到正流怎能知晓？
判断是非公正与否，
唯有安止龙王知晓。
意见提的对错与否，
须等说完才能分辨。
我们的话还没说完，
就请你们仔细听好。
飞禽鸟类领土之内，
割让分给猴子之事，
并非想让禽类吃亏。
所说内容没有讲完，
是为和解出个方案。
你们所说等价补偿，
代价当然要说清楚，

欠债还钱理所当然。
那么如何等价补偿?
其实这个代价不轻。
你们可以好好想想,
猴子所住那座林中。
大小禽类种类繁多,
鸟巢更是数不胜数,
以前也是现在更是。
难道山脚那片森林,
不是猴子他们领地?
换作你们怎么赔偿?
以前用的怎么偿还?
往后又用什么补偿?
若是没有办法说清,
我们倒要问问你们,
林中群禽能否迁居?
如果没有办法换地,
那得只能继续住那。
对待这种事情之时,

设身处地仔细想想。

将心比心互换角度,

这样才能分辨对错。

只知其一不知其二,

就像瞎眼牦牛吃草。

若能仔细分析研究,

是非真理才能分辨。"

大公鸡实事求是地解释完后,其他的禽类便无话可说了。

这时,大雕听完大公鸡的话,觉得非常有道理,于是就用非常肯定的态度说道:

"喂,飞禽鸟类请听我说,

此次猴鸟间的纠纷,

兔子和那公鸡两位,

为之调解所说之理,

没有什么不对之处。

针对所言剖析之后,

公正无私犹如梵线。

不偏不倚公正合理,

就算梵天不过如此。

双方若能同意遵守,

此等规矩完美至极。
我虽住在山岩之巅,
却能看清山谷原野。
也知草山深林之事,
更知众禽猴群苦乐。
此事猴群肯定同意,
若能同意和解条件。
我们禽类不但不亏,
还有利于大小众禽。
这事群禽记在心上,
快做决定别再迟疑。
大雕我要飞上蓝天,
两位告知猴子之时,
也要做到不偏不倚。
其它大小众禽鸟们,
也请各自返回住处"

大雕说完,便展翅飞向了天空。大雕飞走以后,众禽鸟们对兔子洛旦和大公鸡所提出的和解办法纷纷同意。众禽回到各自住处了。

兔子和大公鸡又来到猴子聚集之地,当着众猴的面讲了与禽类怎样进行调解的经过,并说:"对于这个和解的方案,禽类方面,大雕首先带头表示赞同,其余禽类也都完全表示赞同。"

接着说:"此次和解的方案,主要还是按照一仍旧贯,前地现住的老规矩,禽类们也很干脆地答应从草山上划分给你们三分之一的土地。我想你们肯定会同意吧?现在如果你们同意了,你们必须要循规蹈矩遵守相互制定的条例条规。不仅是现在要遵守,从今往后不论什么时候也都不能违背今日定下的规矩。"

猴子们听完兔子洛旦和大公鸡的方案,都非常兴奋,立刻准备了丰盛的果实,恭恭敬敬地堆放在兔子洛旦和大公鸡的面前,作为感谢的礼物。

这时,老猴洛桑欢喜的说道:

"吉吉,兔子和大公鸡请听我言,
在飞禽和走兽之间,
就属你俩智慧拔尖。
此话早就如雷贯耳,
如今更是亲眼所见。
若要问我此话怎讲?
禽类虽有数千万只,
我们猴子也并不少。

各抒己见想法异议,
很难让人意见一致。
有些便会心生怀疑,
有些便有疯子之举。
各持所欲心生是非,
小事化大之举甚多。
时至今日两位智者,
慧心妙语顺喉而出,
想出这么好的办法。
正所谓,
'善巧者能围着大海,
便可海底捞出宝贝。'
千颗万心拧成一股,
万条河水流向一处。
此事禽类能够同意,
我们岂能不应之理?
无论现在还是将来,
我们定会遵守规矩。
还得麻烦两位智者,

为了鸟猴长远和睦。

如有不正及时修正，

如有不平及时填平，

如有长短及时磨平。

请做指引前路之杖，

请做温暖绵羊皮袄。

两位慈悲和那恩惠，

我们永远铭记在心。"

老猴洛桑说话的语气听着严肃，可嘴角间流露着万分愉悦的微笑。

从此，猴鸟双方不仅没有违背当初和谈时所定下的规矩，而且双方和睦相处，事事吉祥。由于猴鸟间的和睦相处，这个地方年年风调雨顺，牛羊肥壮，庄家丰收，到处洋溢着幸福美满的祥瑞之气象。

# 译后记

《猴鸟的故事》是一部深受我们藏族人民喜爱的古典寓言小说。相传这篇作品是影射18世纪末，西藏人民在祖国各族人民的支持下，击败廓尔喀尔卡的入侵事件；也有人说是反映草地山林纠纷的作品。该作品整体上表达了藏族人民主张和平共处，反对侵略的思想。

这篇寓言小说，运用了诗歌和谚语等丰厚的民间文学，这也体现了藏族诗歌独特的写作手法；这篇寓言故事里说唱所运用的诗歌和谚语句子是整齐的，如《萨迦格言》《水木格言》等格式。注重每行字数上的对齐，以及四行一节，一节包含着一寓一意的表达方式。所以，译文中不仅注重行节的规律，而且对每行字词单双搭配上也尽量保证了原汁原味。

本书以多仁·丹增班觉学者所著（2018年4月第八次印刷）的藏文版本为主，并查阅了《西藏近代文学》《西藏人文故事》

《西藏谚语》等书籍。本人先前也尝试过翻译《萨迦格言》、《水木格言》等一些先贤著作里一部分内容，可不懂的问题远远超出了自己所积累的知识。

　　《鸟猴的故事》是本人翻译的较为完整的一部本民族寓言故事，虽说前后修改少说也有十余次，难说仍有错误。希望读者朋友们多加指教，我定会虚心接受，以便改正。